কোচবিহারের গুপ্তধন

আভিজ্ঞান দাশ

পিতা ও মাতা

বিষয়বস্তু

স্বীকার

আমি আমার মা, বাবা, বাংলা শিক্ষক তথা এই বইটির সম্পাদক চয়ন চক্রবর্তী, যারা আমাকে আজ পর্যন্ত সমর্থন করেছেন এবং আমাকে মূল্যবান পরামর্শ দিয়েছেন তাদের প্রতি বিশেষ কৃতজ্ঞতা জানাতে চাই। আমি এই বইটি যেখানে প্রকাশ করেছি সেই নশন প্রেসের কাছেও আমি অত্যন্ত কৃতজ্ঞ। আমি এই ধরনের একটি বই লিখে খুব সন্তুষ্ট এবং চাই যে এই বইটির পাঠকরাও আমার পরিশ্রমে সন্তুষ্ট হবেন।

ভূমিকা

সোনাদা, আবির, ঝিনুক অনেক সফর করার পর, ছুটিতে কোচবিহার সোনাদার বন্ধু অভিজ্ঞানের বাড়িতে আসে কোচবিহারের বিখ্যাত রাসমেলা দেখতে। কিন্তু সব কিছু যেরকম মনে হয়ে ছিল, সেরকম হয়না। চয়নানন্দ মহারাজের দুষ্ট পরিকল্পনার কবলে তারা পরে যায় এবং তাদের প্রাণ বিপদগ্রস্ত হয়ে যায়, যার ফলে তাদেরকে চয়নানন্দ মহারাজের কথা অনুযায়ী চলতে হয়। অনেক মুশকিল ও প্রতিকূলতার পর তারা এই সমস্যার সমাধান বের করে, এবং কোচবিহারের রহস্য ফাস করে ও চয়নানন্দ মহারাজের মুখোশ খোলে।

কোচবিহারের ইতিহাস

কোচবিহারের ইতিহাস খুবই প্রাচীন। এটা শুরু হয় যখন ১৩০০ শতক কামরুপ সাম্রাজ্য , আহোম সাম্রাজ্য আর গৌড় সাম্রাজ্য নিজেরদের মধ্যে লড়াই করছিলো কোচবিহারের উর্বর জমির জন্য। যুদ্ধের জন্য সব সাম্রাজ্যের ক্ষতি হয় এবং কোচ উপজাতি শক্তিশালী হয়ে ওঠে আর তাদের নেতা বিশ্ব সিংহের নেতৃত্বে এই জমি নিজের বানিয়ে কোচ রাজবংশ তৈরী করে। কিন্তু রাজা নরনারায়ণ সময় কোচরাজবংশ বিভক্ত হয় কোচ হজ, কোচ বিহার আর থাসপুরে। অনেক বছর পর এক অচেনা মহাসাধুর উপদেশে রাজা নৃপেন্দ্র নারায়ণ কোচ বিহারের রাজধানী গুড়িয়াহাটি এলাকায় স্থানান্তর করেন, আর সত্যি সত্যি কয়েকদিন পর কামতাপুর বিশাল বন্যা হয়। সেই সাধুর উপদেশে রাজামশাই তাঁর ওদিক ধন এক স্থানে লুকিয়ে ফেলেন এবং সেটা খোঁজার জন্য প্রচুর সূত্র ছেড়ে যান, যাতে ভবিষতে দরকার পড়লে সেই ধন ব্যবহার করা যায়। মহারাজা নৃপেন্দ্রনারায়ণের মৃত্যুর পর সেই ধন অজ্ঞাত থাকার কারণে ভারতে স্বাধীনতার পরেও লোক চক্ষুর অন্তরালে থাকে।

কোচবিহারের গুপ্তধন

'আবির ওঠ! কত ঘুমাবি আর? দেখো তো সোনাদা উঠছেই না' ঝিনুক বলল। সোনাদা বলল, "দাঁড়াও আমি দেখছি।" সোনাদা রান্নাঘর থেকে একটু জল এনে আবিরের মুখে ছেটালো। আবির বলল, "কী হয়েছে? কী হয়েছে?" সোনাদা বলল, "মিস্টার কুম্ভকর্ণ ঘুম থেকে উঠুন, কোচবিহার যাওয়ার কথা ভুলে গেছেন?" আবির ফটাফট রেডি হয়ে গেল। তারা রওনা দিল। আবির ও ঝিনুকের কাছে অজানা ছিল তারা কেন কোচবিহার যাচ্ছে। সোনাদা ওদেরকে বলল, "নাঃ এবার বলেই দি। আসলে কোচবিহারে আমার বন্ধু অভিজ্ঞান থাকে। আমরা ওর বাড়িতেই যাচ্ছি। আর একটা কথা, আমাদের ওখানে রাসমেলা দেখার জন্য আমন্ত্রণ করা হয়েছে।" আবির ও ঝিনুক উৎসাহিত হয়ে গেল। আনুমানিক ৭ ঘন্টার মধ্যে তারা কোচবিহার পৌঁছে গেল।

৩৬

অভিজ্ঞান তাদেরকে স্বাগত জানাল তার বাড়িতে। যেহেতু অনেক দেরি হয়ে গেছিলো, তারা আগে খেতে বসে পড়লো। অভিজ্ঞানের মা তাদের জন্য চিকেন বিরিয়ানি বানিয়ে ছিলেন, তা দেখে আবির খুশি হলো কারণ আবির খেতে খুবই ভালোবাসে। বিকেলে তারা রাসমেলায় গেলো। প্রথমে মদন মোহন বাড়ি গিয়ে ঠাকুর প্রণাম করলো, তারপর মেলা ঘোরা শুরু করল। তারপর তারা অভিজ্ঞানের বাড়ির সামনের রাজস্থানি দোকানে গিয়ে ৪ প্লেট আলু টিক্কি চাট অর্ডার দিল। আলু টিক্কি চাট এলো। তারা খাওয়া শুরু করল। হঠাৎ সোনাদার মুখে একটা কাগজ পড়ল। কাগজটায় লেখা ছিল,

"প্রাণ বাঁচাতে চাইলে গুপ্তধন খোঁজো। আর পুলিশকে বলার সাহস করো না, আমার নজর তোমাদের ওপর আছে। - চয়নানন্দ মহারাজ"

সোনাদা কথাটা কাউকে বলল না তখন। ভালো যে পরে বাড়ি গিয়ে বলবে, নাহলে মেলা ঘোরার মজা নষ্ট হয়ে যাবে। তারা মেলা ঘুরলো, তারপর বাড়ি ফিরে এলো। এবার সোনাদা কথাটা বলল, "আচ্ছা অভিজ্ঞান, চয়নানন্দ মহারাজ টা কে?" অভিজ্ঞান, "ও! চয়নানন্দ মহারাজ, তিনি তো আমাদের শহরের অনেক বড় সাধুবাবা। তিনি হাত-টাত দেখেন। কেন হঠাৎ তার ব্যাপারে জানতে চাইলে কেন?" সোনাদা কাগজটা দেখালো। সবাই কাগজটা দেখে নিস্পন্দ হয়ে গেলো; তারা নিজের চোখে বিশ্বাস করতে পারলো না। অভিজ্ঞান, "কিন্তু চয়নানন্দ মহারাজ তো একজন

ভালো মানুষ, তিনি কিভাবে..." সোনাদা বলল, "অভিজ্ঞান, পৃথিবীতে অনেকজন এরকম ভালো হওয়ার নাটক করবে। সেই ভালো হওয়া সত্যিও হতে পারে আবার অ-সত্যিও হতে পারে। এমনিতে সেটা ব্যাপার না, আমাদের গুপ্তধন খুঁজতে হবে এটা একটা ব্যাপার।"

আবির বলল, "সোনাদা, গুপ্তধন আমাদের পিছু জীবনেও কি ছাড়বে না?" সোনাদা বলল, "হয়তো এই জন্মে না।" ঝিনুক বলল, "কিন্তু সোনাদা, আমাদের কাছে তো কোনো হিন্ট বা ক্লু নেই।" সোনাদা বলল, "শোনো ঝিনুক, কোনো ট্রেজার হান্টার ক্লু খোঁজে না, ক্লু ট্রেজার হান্টারকে খোঁজে। আমাদের শুধু অপেক্ষা করতে—" একথা বলতে-বলতেই অভিজ্ঞানের দাদি বলল, "তাহলে ক্লু তোমাদের খুঁজে নিয়েছে।" আবির বলল, "মানে? আপনার কাছে কোনো ক্লু আছে?" অভিজ্ঞানের দাদি বলল, "হ্যাঁ।" অভিজ্ঞান বলল, "কী!" অভিজ্ঞানের দাদি বলল, "আমার বাবার নাম মাখনলাল সূত্রধর ছিল। তাঁর ঐতিহাসিক জিনিস খোঁজার ও জমানোর পেশা ছিল। আমাদের আসামে দোকান ছিল। বাবা অনেক জিনিস পেয়ে ছিলেন। তার মধ্যে একটা ছিল একটা ঝুড়ি-হিল্ট (basket-hilt) করা তরোয়াল। আমার ওই তরোয়ালটা পছন্দ ছিল বলে বাবা আমাকে ওটা দিয়ে দিয়েছিলেন যখন আমি ছোট ছিলাম। বিয়ে হওয়ার পর আমি আমার সাথে সেই তরোয়াল শ্বশুরবাড়ি নিয়ে আসি। আমার বিয়ের ১৯ বছর পর বাবার মৃত্যু হয়। ব্যাপারটি হলো যে বাবা আমাকে মৃত্যুশয্যায় বলেছিলেন যে সেই তরোয়ালটা কোচ রাজপরিবারের ছিল। আমি তার কিছু বছর পর একদিন সেই তরোয়ালটাকে দেখছিলাম আর আমি দেহে একটা প্রশ্ন খুঁজে পাই কিন্তু সেটার সমাধান খুঁজে পাই না। দাঁড়াও আমি তরোয়ালটা আনছি।" অভিজ্ঞানের দাদি তরোয়ালটা এনে সোনাদাকে দিলেন। সোনাদা প্রশ্নটা দেখলো। লেখাটা ছিল কামতাপুরি লিপিতে। অভিজ্ঞানের এক বন্ধু এরকম আদিম লিপি ডিকোড (decipher) করত। তার নাম ছিল বুদ্ধি। অভিজ্ঞান ছবি পাঠিয়ে দিলো বুদ্ধিকে। পরের দিন সে ওটাকে ডিকোড করে পাঠিয়ে দিলো।

"যেই স্থলেতে অবস্থিত মাটির মহা টিপি, সেই স্থলেতে পাইবে তুমি রাজার স্মৃতির চাবি। সেই স্মৃতিতে মিলিয়ে দেবে থালা এবং বাটি, তাহলে খুঁজে পাইবে তুমি রাজার স্মৃতির চাবি।"

সোনাদা জিজ্ঞাসা করল, "আচ্ছা, কোচবিহার বা তার আশেপাশে কোন টিলা, বড় মাটির টিপি বা কোনো ধ্বংসাবশেষ (ruins) আছে?" অভিজ্ঞান, "সে তো আছেই। গোসানিমারি রাজপাট। সেই রাজপাট রাজা নৃপেন্দ্র নারায়ণের সময় এক বিভৎস

বন্যায় মাটি চাপা পড়ে যায়। তারপর ব্রিটিশদের সাহায্য নিয়ে নতুন রাজবাড়ী বানানো হয় কোচবিহারে।" সোনাদা, "তার মানে সেই গুপ্তধনটা রাজা নৃপেন্দ্র নারায়ণের। আচ্ছা তো সেখানে যাওয়া যাক।" তারা সেখানে পৌঁছালো। প্রথমে তারা বাইরে সেখানে ইতিহাস পড়লো।

গোসানিমারি রাজপাট

আবির, "আচ্ছা যদি এই জায়গাটা রাজার স্মৃতি হয়, তাহলে এখানে থালা-বাটি কোথায় পাবো?" অভিজ্ঞান বলল, "ওখানে প্রচুর থালা-বাটি আছে। কিন্তু ব্যাপারটা হলো যে আমরা কি করে ওইখানে ঢুকবো? নরমাল পাবলিককে ওখানে ঢুকতে দেয় না।" তখনই অভিজ্ঞান দেখলো যে কেউ তাদের দিকে আসছে। অভিজ্ঞান, "আরে মিঠুন আঙ্কেল তুমি এখানে?" মিঠুন আঙ্কেল, "হ্যাঁ অর্ক, আমি এক সপ্তাহ আগেই এখানে ট্রান্সফার হয়েছি। আগে তো রাজবাড়ী তে ছিলাম। আচ্ছা এরা কারা তোমার সাথে?" অভিজ্ঞান সোনাদা, আবির ও ঝিনুকের সাথে মিঠুন আঙ্কেলের পরিচয় করিয়ে দিল। সোনাদা, "আমরা আসলে আর্কিওলজিকাল গ্যালারিতে ঢোকার জন্য ইচ্ছুক। আমরা

কি ওখানে ঢুকতে পারি?" মিঠুন আঙ্কেল, "হ্যাঁ সে তো আমি তোমাদের ঢুকতে দিতে পারি, কিন্তু তোমাদের এই ইচ্ছের কারণটা কি আমায় বলতে পারো?" আবির পুরো ঘটনাটা বুঝিয়ে বলল। মিঠুন আঙ্কেল শুধু ওদের জন্য গ্যালারির দরজা খুলে দিলো। ওরা থালা-বাটি খুঁজতে লাগলো। আবির, "সোনাদা! এদিকে আসো। আমি কিছু একটা খুঁজে পেয়েছি।" আবির দেখালো একটা থালা। আরেকটা ধাঁধা লেখা কিন্তু বাংলায়।

"যমজ দুই মন্দির, কিন্তু পতি পত্নীর। চাবি পেতে চাইলে, সুতো বাঁধো বেলতলে।"

তারা থালাটা নিয়ে বাড়ি চলে গেল। বাড়ি যাওয়ার পর, আবির, "অভিজ্ঞান এটা কি রকম আজব প্রশ্ন? মন্দির কি কখনো যমজ হয়?" অভিজ্ঞান, "যদি সম্ভব না হতো তাহলে কি আর প্রশ্নে দেওয়া থাকে?" ঝিনুক, "না মানে এরকম তো হতে পারে যে এখানে প্রশ্নটার অন্য কোনো অর্থ আছে।" সোনাদা, "হ্যাঁ, সেটাও হতে পারে।" অভিজ্ঞানের মা, "তোমরা বরং আগে খেয়ে নাও। দুপুর তিনটে বেজে গেছে।" অভিজ্ঞান, "হ্যাঁ আগে বরং খেয়ে নিই, তারপর এসে ভাবব।" তো ওরা খেতে চলে গেলো। অভিজ্ঞান ওর মা-বাবাকে প্রশ্নটা বলল। অভিজ্ঞানের মা, "যমজ মন্দির তো আছেই। ওহো তুই কী করে ভুলে যাচ্ছিস রে! ছোটবেলা থেকে তুই ওখানে যাস। আরে বাবা বানেশ্বর আর সিদ্ধেশ্বরী।" অভিজ্ঞান, "ও হ্যাঁ, সত্যি আমি কত ভুলে যাচ্ছি।" সোনাদা, "আচ্ছা তো অভিজ্ঞান কাল যাওয়া যাক।"

সন্ধ্যায় আবার ওরা মেলা ঘুরতে গেল। সোনাদা আবিরকে একশোবার না করার পরেও আবির একটা আনহাইজিনিক দোকান থেকে ভেলপুরি খেলো। তারপর আবিরের গ্যাস কতটা হয়েছিল রাতে সেটা বলা বাহুল্য। ভাগ্যিস অভিজ্ঞানের বাবা ডাক্তার তাই আবিরের চিকিৎসা হয়ে গেলো। পরদিন সকালে সোনাদারা বেরিয়ে গেল ওই দুটো মন্দিরের জন্য। ওরা প্রথম গেলো বানেশ্বর।

বানেশ্বর মন্দির

ওরা প্রথমে পুজো দিলো। তারপর খোঁজ শুরু করলো। ঝিনুক, "আচ্ছা সোনাদা, প্রশ্ন অনুযায়ী এই জায়গাটা হলো রাজার স্মৃতি তাহলে প্রথম উত্তর থাকা উচিৎ বেলগাছের তলায়।" আবির, "হ্যাঁ, সেটা তো ঠিক। কিন্তু এখানে তো প্রচুর বেলগাছ।" সোনাদা, "সে তো হবেই। শিব মন্দির বলে কথা আর আমাদের ভালোবাসার রাজামশাই নিশ্চয় এতো বোকা না যে তিনি গুপ্তধনে পৌঁছানোর সমাধান চোখের সামনে রাখবেন।" অভিজ্ঞান, "এখন কি আমরা কথা না বলে, ফোকাস করতে পারি খুঁজতে?" সবাই আবার খুঁজতে লাগলো।

এক ঘন্টা পর। কেউ কিছু খুঁজে পায়নি, সবাই হাঁপিয়ে গেছে আর সবাই রেগে আছে কারণ কিছু খুঁজে পাওয়া যাচ্ছে না। ঝিনুক একটা শেষ বারের জন্য পুকুরটাকে দেখতে গেলো। হঠাৎ , "অভিজ্ঞান, আবির, সোনাদা এদিকে আসো।" ওরা তাড়াতাড়ি ছুটে গেলো। আবির, "কী হয়েছে ঝিনুক?" ঝিনুক, "সোনাদা দেখো, পুকুরের ওই পারে আরেকটা বেলগাছ। হয়তো ওখানে আমরা প্রশ্নের উত্তর পাবো। কিন্তু এত দূর আমরা যাবো কি করে?" সোনাদা, "আমাদের কষ্ট করতে হবে।" সবাই একসাথে, "মানে?"

সোনাদা, "আবির আর আমি যাবো। ঝিনুক, অভিজ্ঞান তোমরা এখানে থাকবে। দেখো বাউন্ডারি ওয়াল আর দীঘির মাঝে একটু মাটির জায়গা আছে; আমরা ওটা দিয়ে যাবো।" অভিজ্ঞান, "তোমরা পারবে তো? একটা কথা বলি, এখানে ১০০-১৫০ বছর পুরোনো কচ্ছপ আছে। খুব শক্তিশালী, ওদের থেকে দূরে থেকো।" ঝিনুক, "আর জায়গাটাও খুব কম, বি কেয়ারফুল।" আবির, "তবে যাওয়া যাক।" সোনাদা, "চল।"

সোনাদা, "আবির মশাই ভালো করে হাত ধরুন। পড়লে কিন্তু কচ্ছপ..." আবির, "হ্যাঁ হ্যাঁ সোনাদা।" ওরা আস্তে আস্তে একে অপরের হাত ধরে চলা শুরু করল। আধা রাস্তা যাওয়ার পর, আবির, "সোনাদা দীঘিটা তো মনে হচ্ছে আমাদের খেয়ে ফেলবে।" সোনাদা, "আরে আবির, এতো ভয় পেলে চলে নাকি? ফোকাস করো।" আবির, "ওকে।" কুড়ি মিনিটের মধ্যে ওরা সেই দীঘি পার করে ওই পারে গেলো।

আবির, "আল্টিমেটলি, পৌঁছে গেছি।" সোনাদা, "লাফালাফি বন্ধ কর। প্রশ্নের উত্তর খোঁজ।" আবির, "ঠিক আছে।" ওরা সেই বেলগাছের তলায় গেলো। সোনাদা, "এখানেই কোথাও থাকা উচিৎ।" ওরা খোঁজখুঁজি করল কিন্তু কিছু পেলো না। আবির, "সোনাদা, এদিকে এসো। দেখো এখানে একটা বেলগাছের একটা ছবি দেওয়ালে খোদাই করা আছে, রাইট? তো এমন তো হতেই পারে যে এইটার মধ্যে উত্তর আছে।" সোনাদা, "ঠিক বলেছিস। দেখ তো।" আবির ছবিটার নিচে হাত দিলো। আবির, "এখানে একটা সুইচ টাইপের আছে। টিপব?" সোনাদা, "টিপ বরং।" আবির সুইচটা টিপলো। ছবিটা ঘুরতে শুরু করল। সেটা ঘোরা শেষ হলে ভেতরে একটা আধা বর্শার মাথা পাওয়া গেলো। সেই বর্শার মাথার মধ্যে পেঁচানো ঘাটের মতো ছিল। ওরা সেটা নিলো আর ফেরত গেলো।

অভিজ্ঞান, "কী পেলে?" আবির, "বর্শার মাথা।" ঝিনুক, "আধা দিয়ে কী হবে?" সোনাদা, "মনে করো; প্রশ্নতে কি ছিল, যমজ দুই মন্দির কিন্তু পতি পত্নীর। আমরা শুধু পতির মন্দিরে এসেছি, পত্নীর মন্দির এথনো বাকি।" অভিজ্ঞান, "তবে যাওয়া যাক, মা সিদ্ধেশ্বরী মন্দির।"

সিদ্ধেশ্বরী মন্দির

তারা সিদ্ধেশ্বরী মন্দিরে পৌঁছে প্রথমে পুজো দিলো। এবার এলো সুতো বাঁধার পালা। তারা সুতো বেঁধে মানত করল। আবির, "ধাঁধা অনুযায়ী আমাদের সুতো বাঁধার জায়গায় আসতে হবে। কিন্তু এখানে তো কিচ্ছু নেই। এখানে তো শুধু এই কামরাঙা গাছটা আছে, যেটাতে অনেক সুতো বাঁধা আছে।" সোনাদা, "তোর কি মনে নেই আগের টুকরোটা খুঁজতে আমাদের কত কিছু করতে হল? এটাতেও করতে হবে।" ঝিনুক, "তাহলে সোনাদা, খোঁজ শুরু করা যাক।" সোনাদা, "চলো শুরু করা যাক।" ওরা খোঁজখুঁজি শুরু করার আগে পুরোহিত মশাইয়ের থেকে অনুমতি নিয়ে নিলো। অভিজ্ঞান, "সুবর্ণ, আবির, ঝিনুক এদিকে এসো, দেখো এখানে কিছু পেয়েছি।" আবির, "কী পেয়েছ?" অভিজ্ঞান, "দেখো এখানে একটা বর্শার মাথার মতো গর্ত আছে।" ঝিনুক, "হ্যাঁ তো। আবির বর্শার মাথাটা আন তো।" আবির ফটাফট গাড়ি থেকে বর্শার মাথাটা আনল। ঝিনুক বর্শার মাথাটা লাগানোর সাথে একটা শব্দ হলো কিন্তু ওরা বুঝতে পারলো না যে কোথায় আওয়াজটা হল। হঠাৎ পুরোহিত মশাই মন্দিরের ভেতর থেকে, "এ কী হচ্ছে?" পুরোহিত মশাইয়ের চিৎকার শুনে সবাই মন্দিরের

ভেতরে গেলো। তারা গিয়ে দেখে যে মন্দিরের ভেতরে একটা নতুন দরজা খুলেছে। ওরা সেটার ভেতরে গিয়ে বাকি বর্শার মাথাটা পেলো। তারপর ওরা দুটো বর্শার মাথা বাড়ি নিয়ে চলে গেলো। ওরা এতো কিছু করছিলো কিন্তু জানতো না যে চয়নানন্দ মহারাজের লোক ওদের পিছু করছিলো।

বাড়ি আসার পর; সোনাদা, "হ্যাঁ তো কেউ কি খেয়াল করেছে যে এই দুটো বর্শার মাথা এক-অপরের সাথে খাঁজে খাঁজে মেলে?" ঝিনুক বলল, "হ্যাঁ সোনাদা ঠিক বলেছো। তো লাগাবো?" সোনাদা, "লাগিয়ে দেখা যাক।" ঝিনুক মাথাগুলো লাগালো। অভিজ্ঞান, "আচ্ছা এই বর্শার মাথার ওপরে যেই লেখাগুলো আছে সেগুলোর ছবি বুদ্ধিকে পাঠিয়ে দিই।" সোনাদা, "হ্যাঁ! পাঠিয়ে দাও।" বুদ্ধিকে ছবি পাঠিয়ে দেওয়া হলো। বুদ্ধি লেখাগুলো ডিকোড করে পাঠিয়ে দিলো। সেটার আরেকটা ধাঁধা ছিল।

> *"আমি বানালাম এই মহল, ছাড়িয়া দিয়া কামতাপুরি রাজপাট।*
> *রাজপাটে জন্ম নিয়েছি, মরিব এই মহলে। নিচের সেই সুরঙ্গ দিয়ে, যাইব*
> *কোন স্থলে।"*

অভিজ্ঞান ধাঁধাটা দেখে বলল, "সুবর্ণ, এবার মনে হচ্ছে আমরা গুপ্তধনের কাছে পৌঁছে গেছি।" সোনাদা, "কেন?" সোনাদা ধাঁধাটা দেখলো, এবং সম্মতি জানালো; কারণ ধাঁধাটার উত্তর হলো কোচবিহার রাজবাড়ি। এবং তার চেয়ে বড় আর ভালো জায়গা হতেই পারে না কোনো গুপ্তধন লুকোনোর জন্য। আবির, "তো সোনাদা কাল রাজবাড়ি যাওয়া যাক।" সোনাদা, "হ্যাঁ যাওয়া যাক।"

কোচবিহার রাজবাড়ি

পরের দিন ওরা রাজবাড়ি গেলো, কিন্তু চয়নানন্দ মহারাজের লোক তাকে খবর দিয়ে দিয়েছিল যে ওরা রাজবাড়ি যাচ্ছে। তো এবার চয়নানন্দ মহারাজ নিজে এলেন আমাদের হিরোদের পেছনে কারণ তিনি জানতেন যে রাজবাড়ি একটা ভালো জায়গা কোনো গুপ্তধন লুকোনোর জন্য। রাজবাড়িতে পৌঁছানোর পর; সোনাদা, "অভিজ্ঞান ধাঁধা অনুযায়ী এখানে নিচের দিকে কোনো সুরঙ্গ থাকা উচিৎ, কিন্তু সেটা..." ঋষভ, "আরে! সবাই এসে দেখ! সুবর্ণ সেন!" স্কুলের বাচ্চারা সোনাদা, আবির, ঝিনুককে ঘিরে ধরলো। আসলে সেদিন সেন্ট মেরিস স্কুলের ১০টি ক্লাসের বাচ্চাদের এক্সকারশন চলছিল। অভিজ্ঞান তাড়াতাড়ি গিয়ে স্কুলের টিচারদের বাচ্চাগুলোকে কন্ট্রোল করার জন্য রিকোয়েস্ট করল। তো টিচাররা বাচ্চাদের কোনো রকম ধরে ফেরত আনল, কিন্তু একটা ক্লাস ৬-এর বাচ্চা গেলো না এবং সোনাদাকে জিজ্ঞাসা করলো যে কেন তারা রাজবাড়ি এসেছে। সোনাদা ওকে ওর নাম জিজ্ঞাসা করাতে জানতে পারল যে ওর নাম হলো ঋষভ। ঋষভকে সুড়ঙ্গের ব্যাপারে বলার সাথে সাথেই ও বলল, "সুবর্ণ আঙ্কেল আমার পেছনে এসো, আমি তোমাদের সুড়ঙ্গের কাছে নিয়ে যাচ্ছি।" ঋষভ ওদের সুড়ঙ্গের কাছে নিয়ে গেলো। সোনাদা, অভিজ্ঞান, আবির, ঝিনুক সবাই ঋষভকে ধন্যবাদ জানানোর পর ঋষভ চলে গেলো।

সোনাদা, "এই গেটটাতে তো তালা লাগানো আছে। আমরা কি করে ঢুকবো?" অভিজ্ঞান, "চলো সিকিউরিটি ডিপার্টমেন্টের সাথে গিয়ে কথা বলি।" সিকিউরিটি ডিপার্টমেন্টের হেডের অফিসে ঢোকার পর অভিজ্ঞান, "আরে, রমানাথ তুই এখানে?" রমানাথ অভিজ্ঞানের এক্স-জিওগ্রাফি স্যার, সোমনাথ স্যারের ছেলে ছিল। রমানাথ, "আরে অভিজ্ঞান দাদা তুমি এখানে? তাও আবার সুবর্ণ সেন তোমার সাথে!" অভিজ্ঞান পুরো ঘটনাটা ছোটো করে বোঝালো। অভিজ্ঞান ওকে তো এতো কথা বলে ফেললো কিন্তু জানতো না যে রমানাথও চয়নানন্দ মহারাজের হয়ে কাজ করত। রমানাথ সাথে সাথে গিয়ে ওদের দরজা খুলে দিল যাতে ওরা তাড়াতাড়ি গুপ্তধন খুঁজে পায় এবং চয়নানন্দ মহারাজ সেই গুপ্তধনের থেকে একটা এমন জিনিস পেতে পারে যাতে সে অভাবনীয়, চমৎকারি শক্তি পেতে পারে।

সুড়ঙ্গটা মিশমিশে অন্ধকার, কিছু বাইরে থেকে দেখা যায় না। রমানাথ ওদের আটটা বড় টর্চ লাইট দিয়ে দিল। প্রতিজন দুটো করে টর্চ লাইট নিলো। ওরা আস্তে আস্তে হামাগুড়ি দিয়ে ভেতরে গেলো। তারপর ওরা দেখলো যে নিচে কিছু সিঁড়ি যাচ্ছে। আবির, "সোনাদা নিচে যাওয়া কি সেফ?" সোনাদার কোনো উত্তর দেয়ার আগেই, একটা বৃদ্ধ কিন্তু শয়তানি আওয়াজ পেছন থেকে, "আমি আগেই বলেছিলাম, প্রাণ বাঁচাতে চাইলে গুপ্তধন খোঁজো। তো সেটাই করো। ফর ইওর ইনফরমেশন আমি চয়নানন্দ মহারাজ।" আবির, "সোনাদা!" সোনাদা, "আবির চুপ। এমনিতে আপনি এখানে কেন আর কিভাবে?" চয়নানন্দ মহারাজ, "ভাবো যে আমার কোনো শিষ্য যার নাম রমানাথ, সে আমাকে খবর দিয়েছে। আর তোমরা এখানে মানেই এখানে গুপ্তধন থাকা উচিত। এবার নিচে চলো, গুপ্তধন চাই আমার। সেখানে আমার কিছু খুব দরকারি জিনিস আছে।" সোনাদা, "কী? সেটা এবার বলবেন একটু?" চয়নানন্দ মহারাজ, "বলব সব বলব কিন্তু এখন না। এবার নিচে চলো। আর যদি না যাও তাহলে আমার কাছে পাঠানোর আরো পদ্ধতি আছে, যেমন— গুন্ডা ইত্যাদি।" সোনাদা, "আবির, ঝিনুক, অভিজ্ঞান চল। আমাদের চয়নানন্দ মহারাজ নাহলে রেগে যাবেন।" সবাই নিচে গেল।

নিচে পৌঁছানোর পর; আবির, "সোনাদা এতো অন্ধকারে টর্চ দিয়েও কিছু দেখা যাচ্ছে না।" সোনাদা, "চয়নানন্দ মহারাজ, আপনি তো এতো বড় জ্যোতিষী তো কিছু আইডিয়া দিন এই অন্ধকার কাটানোর জন্য।" চয়নানন্দ মহারাজ, "এতে আমার শুধু গুপ্তধন দিয়ে যায় আসে, আমি কিছু করবো না, নিজেদের করো। আমি একটু এই দেয়ালটার সাথে গা ঠেকিয়ে দাঁড়াই।" চয়নানন্দ মহারাজের দেয়ালের সাথে গা ঠেকানোর সাথে সাথেই একটা আওয়াজ হলো। চারিদিকে অনেক মশাল জ্বলে উঠল।

চারিদিক আলোকিত হওয়ার পরে দেখা গেল যে আসলে চয়নানন্দ মহারাজ একটা বাটনের ওপর হেলান দিয়েছিলেন। ঝিনুক, "যাক বাবা! আলো চলে এল।" আবির, "হ্যাঁ! এটা কী?"

ওরা দেখল যে একটা সিন দেখানোর চেষ্টা করা হয়েছে, যেখানে: রাজামশাই খাচ্ছেন কিন্তু কোনো থালা নেই, রানী রাজাকে খাওয়া দিচ্ছেন, সৈন্য রাজামশাইয়ের সুরক্ষার জন্য হাতে একটা বর্শা নিয়ে দাঁড়িয়ে আছে আর রাজামশাইয়ের কোমরে একটা তরোয়ালের খাপ কিন্তু কোনো তরোয়াল নেই। অভিজ্ঞান, "সুবর্ণ, এখানে সেই জিনিসগুলো লাগবে যেগুলো আমরা পেয়েছি?" সোনাদা, "হ্যাঁ। কিন্তু সেগুলো তো গাড়িতে। চয়নানন্দ মহারাজ, আমাদের গাড়িতে যেতে হবে জিনিস নেওয়ার জন্য।" চয়নানন্দ মহারাজ, "ঠিক আছে। তোমাদের মধ্যে থেকে একজন আমার সাথে যাবে, আর তোমরা সবাই নিজের ফোন আমাকে দিয়ে দাও। তোমাদের ওপর আমার কোনো ভরসা নেই।" আবির, "ঠিক আছে দিচ্ছি আমরা।" সবাই নিজের ফোন চয়নানন্দ মহারাজকে দিয়ে দিলো। চয়নানন্দ মহারাজ, "তো কে যাবে আমার সাথে?" অভিজ্ঞান, "আমি যাবো। যেহেতু ওটা আমার গাড়ি, তো অন্য কেউ ওটা হ্যান্ডেল করতে পারবে না।" চয়নানন্দ মহারাজ, "ঠিক আছে চলো।" ওরা গিয়ে গাড়ির থেকে জিনিসগুলো নিয়ে এলো।

এবার ওরা এক-এক করে সবগুলো জিনিস জায়গা মতো লাগালো। হঠাৎ রাজা আর রানী সরে গেল আর নিচের থেকে একটা গুপ্ত রাস্তা খুলল। ওরা ওটা দিয়ে নিচে গেল। ওরা একটা ঘরের মধ্যে পৌঁছালো যেখানে দেয়ালে কিছু লেখা ছিল। সেটা আরেকটা ধাঁধা। কিন্তু এবার তিনটে বাটন ছিল, তার মধ্যে থেকে একটা ঠিক উত্তর ছিল।

"যখন বিভক্ত হল কোচ রাজবংশ, কোন মহারাজ নিলো কোচ হাজার অংশ?

ক. লক্ষ্মী নারায়ণ

খ. চিলারাই

গ. মাল্ল দেব"

চয়নানন্দ মহারাজ উত্তরটা জানতো। চয়নানন্দ মহারাজ, "খুব ইজি, সুবর্ণ, চিলারাই টেপো।" সোনাদা চিলারাই টিপলো আর সামনে একটা নতুন দরজা খুলে গেল। ওরা

আগে গেল। সামনে আরেকটা ঘর যেখানে আবার একটা প্রশ্ন।

চয়নানন্দ মহারাজ আবার উত্তর জানতো। চয়নানন্দ মহারাজ, "আমি জানি, সুবর্ণ লক্ষ্মী নারায়ণ টেপো।" সোনাদা লক্ষ্মী নারায়ণ টিপলো আর সামনে একটা নতুন দরজা খুলে গেল। ওরা আগে গেল। এবারের ঘরটার শেষে একটা সিন্দুক। চয়নানন্দ মহারাজ সিন্দুকটা দেখেই ওটার দিকে ছুটতে গেলো আর ফাঁদে পড়ে গেল। এবার চয়নানন্দ মহারাজকে কে বাঁচায়! চয়নানন্দ মহারাজ, "এই যে আমাকে ওপরে তোলো তোমরা, নাহলে কিন্তু..." আবির, "কী করবেন? আপনার ব্যান্ড (দলবল)-কে আমি আগেই চূর্ণ করে দিয়েছি। আর আপনি যখন অভিজ্ঞানের সাথে গাড়ি থেকে জিনিস আনতে গিয়েছিলেন তখনই আমরা পুলিশকে খবর দিয়ে দিয়েছি।" চয়নানন্দ মহারাজ, "কিন্তু কিভাবে? আমি তো তোমাদের মোবাইল নিয়ে নিয়েছিলাম।" অভিজ্ঞান, "চয়নানন্দ মহারাজ আপনি ভাবছিলেন আমরা আপনার জালে পড়ে গিয়েছি, কিন্তু আসলে আপনি আমাদের জালে পড়ে গেছেন। রমানাথ আমাদের সব আগেই বলে দিয়েছিলো। আর আমি জানতাম আপনি আমাদের পেছনে আসবেন যদি জানতে পারেন আমরা রাজবাড়িতে আছি, তাই আমি একটা স্পেশাল মিনি বাজার (Buzzer) বানিয়ে এনেছিলাম যদি আমাদের পুলিশ ডাকতে হয়। আর আমরা পুলিশকে বলে দিয়েছিলাম যে আপনি কি করে আমাদের প্রেসারাইজ করেছেন। পুলিশ এলো বলে।" ১০ মিনিটের মধ্যে পুলিশ এসে চয়নানন্দ মহারাজকে নিয়ে গেল।

সোনাদা, "বি কেয়ারফুল আরো জাল থাকতে পারে।" ওরা পা টিপে-টুপে সিন্দুকটার কাছে গেলো। ঝিনুক, "সোনাদা, এবার কি শেষ?" সোনাদা, "জানিনা।" আবির, "আবার ধাঁধা।" অভিজ্ঞান, "মানে?" আবির, "আরে, সবাই দেখো, একটা কপার প্লেট। এর ওপরে বাংলাতে একটা ধাঁধা।"

সোনাদা বলল, "এর তো একটাই উত্তর, মদনমোহন বাড়িতে রামায়ণের ঘরগুলো আছে তার মধ্যে যেকোনো একটা। কিন্তু ওখানে যেতে হলে রাসমেলা শেষ হওয়ার পর যেতে হবে। আমরা বরং কয়েকদিন রেস্ট নিই আর মেলা ঘুরি। মেলা শেষ হওয়ার পর আমরা বাকি কাজ করবো। এমনিতেও মেলা আর ৮ দিন।" সবাই সম্মতি জানালো।

আট দিন পর; আবির বলল, "যাওয়া যাক।" ওরা মদনমোহন বাড়ি গিয়ে সবগুলো রামায়ণের ঘরের আশপাশ চেক করল। কিন্তু একটার পেছনে ওরা জিপসি (বা জিকসো) পাজল টাইপের পেল। সোনাদা পাজলটা সলভ করার সাথে সাথেই, ওই ঘরটা নিচে চলে গেলো আর একটা নতুন রাস্তা খুলল। ওরা নিচে গিয়ে দেখলো একটা বিশাল বড় সিন্দুক। সিন্দুক খোলার পর ওরা দেখলো যে তার মধ্যে সোনা-দানা, হিরে, মণি-মুক্তো, গয়নাগাটি, মোহর ভর্তি আর একটা ছোট অষ্টধাতুর দুর্গার মূর্তি। সেই সব জিনিস কোচবিহার মিউজিয়ামে রাখা হল। যখন চয়নানন্দ মহারাজকে জিজ্ঞাসা করা হয় যে সে কেন এই গুপ্তধনের পেছনে পড়েছিল, তখন জানা যায় যে সেই দুর্গার মূর্তির মধ্যে এমন কিছু অলৌকিক শক্তি লুকিয়ে আছে যেটা দিয়ে পুরো পৃথিবীকে নিজের গোলাম বানানো যায়।

অভিজ্ঞান দাশের লেখা আরো গল্প-

ক. সোহিল অ্যাট ক্যাম্পিং।

খ. রাম আর শ্যাম ভালো বন্ধু।

গ. করোনা।

ঘ. হাচ্ছু! আমার করোনা হয়েছে।

ঙ. সিঙ্গাপুর মালেশিয়ার ভ্রমণ।